LA BARBARIE VAINCUE

PRÉLUDES POÉTIQUES

PAR

BRUN-NOUGARÈDE

Dimidium facti qui cœpit habet.

PARIS
D. GIRAUD ET J. DAGNEAU, LIBRAIRES-ÉDITEURS
RUE VIVIENNE, 7, AU PREMIER, MAISON DU COQ D'OR

1852

LA

BARBARIE VAINCUE

PRÉLUDES POÉTIQUES

PARIS. — IMP. SIMON RAÇON ET Cᵉ, RUE D'ERFURTH, 1.

LA

BARBARIE

VAINCUE

PRÉLUDES POÉTIQUES

PAR

BRUN-NOUGARÈDE

Dimidium facti qui cœpit habet.

PARIS
D. GIRAUD ET J. DAGNEAU, LIBRAIRES-ÉDITEURS
7, RUE VIVIENNE, AU PREMIER, MAISON DU COQ-D'OR

1852

ENVOI

A MM. ***

QUI AVAIENT BIEN VOULU VOIR MES ÉPREUVES

A moi de vous offrir de mes vers la primeur,
A vous de réchauffer de vos feux mon génie
Et de mes vers nombreux qui manquent d'harmonie
De noter les défauts : ils vont chez l'imprimeur.

PRÉFACE

A MES ÉDITEURS

Je vous offre un recueil de franche poésie,
Où les mots sont notés et la forme choisie,
Où le rondeau léger, le sonnet sans défaut,
Près de nos bataillons luttent au camp d'Helfaut;

Où, sans jamais quitter la France et sa compagne,
Au bord de la Vidourle on rencontre l'Espagne;
Où l'on rencontre encore et l'humour et le ton
Qui transportaient au ciel l'infortuné Milton,
Lorsque vieux, délaissé de la vieille Angleterre,
Sur l'aile des brouillards seul il quittait la terre.
Si le public français, à mon léger recueil,
Comme à l'enfant bien né faisait un noble accueil,
Où ne m'emporterait le désir de lui plaire!
(Mes préludes diront ce que je voudrais faire.)
Muni par sa bonté d'un utile métal,
Pour lui j'élèverais un palais de cristal,
Dont le plan est fondé, mais encore à l'étude,
Et mon livre dès lors serait un beau prélude.

LA BARBARIE VAINCUE

Je chante nos progrès, ô France! ô ma patrie!
Sur des bords attristés du nom de Barbarie;
Quand, chassé de la mer, de ses ports, le forban
Du Kabyle indompté leva l'arrière-ban,
Pendant dix ans entiers tu lui portas la guerre
En dépit des secours fournis par l'Angleterre :
Dix ans d'heureux efforts en face d'Albion.
Cycle heureux de dix ans, soyez notre Ilion,

Sur les plaines des mers, sur les monts du Kabyle,
Au ciel, pour disputer à l'Angleterre habile
Le sceptre détesté que connaît l'Océan
Et le sceptre plus beau du chantre de Satan.

Récit fameux, ἔπος, qu'un barde d'Ionie
Inventa le premier, visite mon génie!
Dis-nous ce qu'entreprit un héros de vingt ans,
De sa vie et sa mort dis les faits éclatants,
Et, par un long discours qui console sa mère,
En place d'un héros donne-nous un Homère;
Pour ce noble projet avec moi corps à corps
Viens lutter, ou plutôt viens ceindre mes reins forts;
Longtemps embrasse-moi devant mes adversaires!!!...
Et, quand je fais tomber un peuple de corsaires,
Dissipe cependant de ta vive lueur
Épaississant notre air une commune erreur
A notre beau pays funeste et volontaire
Malgré lui qu'en mourant nous délégua Voltaire;
Non, *rien n'est impossible à l'homme né Français.*
Illumine son front et qu'un brillant succès
D'un adage vainqueur qui nous vient d'Alexandre
Fasse l'ardent Phénix renaissant de sa cendre,

Si la France, devant la perte de ses fils,
Vieille à plus de cent ans rejetait tes récits
Que doit affectionner l'enfance et la vieillesse,
Parce qu'on ne veut plus des fables de la Grèce
Et des noms trop fameux d'Hécube et de Priam.
Lorsque Ilion n'est plus dans le vaste Orient,
Tu peux nous rendre tout sur les bords de la Seine.
Hélène, quel beau nom! la jeune Polixène.
Là, nous parlant le soir de ces âpres sillons
Labourés et vaincus par nos fiers bataillons,
S'il te faut surpasser Homère avec Virgile
Parce que nos héros feraient pâlir Achille
Sur des bords par nos coups rendus hospitaliers,
Repaire de forbans et d'affreux cavaliers,
Souviens-toi des récits plus brillants d'un autre âge,
Arme-moi chevalier, belle, et reprends courage,
Au désert où tomba des héros le premier
Porte-moi dans tes bras : à l'ombre du palmier
Ressuscite pour nous les luttes de Solyme,
Dis comment des Français qu'un noble instinct anime,
Plus grands que ces héros conquérants des saints lieux,
Du bruit de leurs exploits entretenaient les dieux.

CHANT PREMIER

L'Arabe était vaincu, le farouche Kabyle
Se gardait retranché dans son dernier asile;
Enfants d'affreux ravins, témoins de leurs complots;
C'est l'Oued-el-Fodda dont nous buvions les flots
Et dont on voit au sud s'élever les bruyères.
A l'envi se pressant autour des vivandières
Les Français un moment se livraient au repos
Dans la vaste oasis d'El-Arour. Leurs propos

Roulent comme les corps sur l'humide verdure
Qui réjouit ces lieux de sa fraîche parure.

Pour contenir les chéiks et les peuples rendus
Et pousser à l'aman de nouvelles tribus,
A nos soldats couverts d'une ardente poussière
Un général marqua cette halte guerrière,
Un général français aussi brave qu'Antar,
Et que dans Titerie on surnomme Changar,
Quand le vent du clairon, celui de la trompette,
Font courber devant lui les plus superbes têtes.

Là, pendant un grand mois se jouant de la mort,
La gaieté du Français prit un rapide essor,
Et, frappés, rassurés, vingt peuples intrépides
Amènent leurs coursiers, nous demandent des guides,
Obtiennent nos présents, et d'affreux ennemis
Sont changés en constants et fidèles amis;
Et, la paix et le bien, commençant une autre ère
Sur eux, comme ils disaient, se lève après la guerre,
Ainsi qu'un beau soleil sorti du Chénouan
Pour se coucher au soir dans le vaste Océan.

Et l'Ouarenseris voyait le haut Chélife
Dans la plaine passer comme un heureux calife
Qui demande un tribut aux plus petits ruisseaux
Et prospère aux dépens de ses mille vassaux.

Mais un sous-officier aux chasseurs de Vincennes,
Que sa mère nourrit au pied des monts Cévennes,
En ce temps-là prouvait mieux que de longs discours
Que d'Alger au Chélif les chemins étaient courts.
Brunn, devant qui devaient les plus hardis se taire,
Recherchait les combats en simple volontaire;
Déjà depuis cinq ans parmi nos forts guerriers
Il avait pris son rang pour cueillir des lauriers;
En vain la France était dans le plus plat des calmes,
Brunn rêvait pour son front de glorieuses palmes.
Ainsi l'on vit le jeune et brillant Xénophon
Sur les pas s'avancer du fier Bellérophon,
Et, dépourvu, dit-on, des ailes de Pégase,
Surmonter le Cragus et les sources du Phase.
Sa ceinture de peau, faut-il le publier?
Pesait cent francs, le prix d'un porc et d'un bélier,
Qu'il apportait de loin, dans ce siècle vulgaire,
Au jeune Désiré comme un tribut de guerre.

Dix jours auparavant, parti des murs d'Alger,
Seul avec son trésor, sans le moindre danger,
A travers le pays du redoutable Hadjoute
Cet ami généreux avait fourni sa route.
Partout ces peuples fiers qui gardent leurs troupeaux,
Les armes à la main sous leurs tentes de peaux,
L'avaient reçu le soir au déclin des journées
Et rendu le matin sans prendre ses guinées.
Maintenant au Magreb où le frais El-Arour
Sur des débris romains montre sa tête au jour
Pour le récompenser de sa belle poursuite
Les plus fameux guerriers s'empressaient à sa suite,
Et là, près d'un ami dont il prenait le bras,
Il était la leçon des chefs et des soldats.

Cependant nous touchions aux premiers jours d'automne
Où doit lever son camp la mobile colonne,
Sur l'Afrique a passé la constellation
Du chien se débattant aux griffes du lion,
Et du jour la chaleur irritante, embrasée;
Se condense la nuit en gouttes de rosée;
De tous côtés déjà l'Arabe demi-nu
Appelle son cheval, et le jour est venu

De quitter l'oasis et du nord la savane
Pour dépouiller au sud la riche caravane.
Le Kabyle à son tour s'arme d'un long fusil
Et dans ses monts l'enfant a ceint le lourd flissih;
Sous les pas des guerriers s'ébranle la montagne:

Le moment est venu de rentrer en campagne,
De montrer ces soldats que redoute l'émir
Lorsqu'à la voix du cuivre il les voit accourir
Ainsi que le torrent que l'obstacle n'arrête:

Dans ce but, je l'ai dit, la colonne s'apprête,
C'est le bruit. Les tribus des ravins de la mort,
Voyant poindre l'orage et pressentant leur sort,
Descendent de leurs monts qui commandent la plaine
Et baisent de nos pieds l'empreinte souveraine.
Ces peuples toutefois en cette occasion
Trahissent, des Français croyant l'oppression,
Suivent Abd-el-Kader, un imposteur habile,
Qui cherche pour épouse une jeune Kabyle,
DEVANT DONNER DES FILS AU PUISSANT MARABOUT
VAINCU PAR LES FRANÇAIS, MAIS CEPENDANT DEBOUT.

Ces propos circulaient dans les hautes gourbies
Où les femmes surtout se montraient ennemies.
Des plus jeunes guerriers recevant les serments,
Les anciens hésitaient qui n'étaient pas amants;
Et, soit pour tout prévoir, soit pour nous tendre un piége,
Hantant le camp français, leur foule nous assiége
Avec des mots de paix et la révolte au cœur.
Ainsi l'on vit jadis d'un air fourbe ou moqueur
Au fils d'Olympias et des dieux Alexandre,
L'insolent Tyrien, simuler de se rendre,
Et, maîtres de ces mers qui reçurent Didon
Quand cette reine en pleurs abandonna Sidon,
Chercher par leurs présents à repousser un maître
Hautement qu'ils feignaient de vouloir reconnaître;
Ainsi, pour nous tromper en ces moments pressants,
Le Kabyle indompté nous offrait ses présents.

Muse, raconte-moi comment des chefs habiles
Brisèrent les complots de vingt tribus kabyles;
Dis, parle, tous ces faits que je traite sans art
Furent-ils le produit de l'aveugle hasard?
Dicte à ton nourrisson l'histoire des Kabyles.

Vingt cheiks étaient partis de vingt tribus hostiles.
Les grand's gardes du camp amènent un courrier,
C'était un koulougli demandant Changarnier :
Koulougli, c'est le fils d'un Turc et d'une Arabe,
Deux peuples ennemis des Béni-Ben-Atabe,
Qu'il avait évités pour venir jusqu'à nous,
Nous disait-il, ainsi que les Beni-Kanous,
Guidé par son cheval dont la race est divine...
Puis un soupir partait du fond de sa poitrine,
Sur laquelle la main du jeune koulougli
Pressait avec amour un objet ; c'est un pli
Grossièrement scellé dans du bois de campêche :
Pour notre général c'était une dépêche.

Les soldats qui menaient cet hôte du désert
De mille chants joyeux faisaient retentir l'air :
C'est l'envoyé d'Hamour, un agha de la France,
Disaient-ils en poussant leurs voix avec cadence.
Gloire à l'ange d'Hamour, au jeune koulougli,
Qui du sud en trois jours nous apporte ce pli !
Gloire à l'heureux mortel qui montre sa badine
Au léger fils d'Ali dont la race est divine !

Évite les Heindels et les Beni-Kanous
Et cent peuples divers pour venir jusqu'à nous.
Ainsi nos fantassins se couronnaient la tête,
Et, pour chanter Mammouth, prenaient un air de fête ;
Mais ils chantaient aussi son léger compagnon
Dont Mammouth leur a dit et le père et le nom.
Ils inventaient pour lui comme au temps des croisades
Qu'ils chantaient à l'instant mille et mille ballades.
Un dieu les inspirait. Pour célébrer Sultan,
L'un chantait en français, l'autre en mahométan ;
Ils l'appelaient tout haut une gazelle agile,
Ils parlaient de sa croupe au repos si mobile,
De sa tête, où brillaient à côté du croissant
Deux orbes radieux qu'anime un léger sang
Battant avec ardeur sous sa forme sculptée ;
Aucuns s'entretenaient de son âme auscultée,
Qui s'indigne et frémit sous l'écorce de peau ;
Ils notaient qu'en naissant au milieu du troupeau
Sultan devint son nom, qu'un feu divin l'anime
Et le pousse à hennir au seul nom de Solyme.
Mammouth les écoutait du haut de son coursier,
Dont le sabot est dur et les jarrets d'acier.
« Ainsi l'on chante au ciel, pensait-il en silence ;
« Ainsi Dieu marquera les temps et la cadence,

« Auprès de la beauté lorsque j'aurai rempli
« La haute mission que recouvre ce pli. »
Sultan du cap français vient de franchir les portes,
Mammouth a sous ses yeux nos guerrières cohortes,
Ces Français renommés qu'il cherche de si loin !!!
Quels pensers traversaient le grave Bédouin ?
Il voit nos cavaliers revenant du fourrage,
Il en compte trois cents et change de visage;
Sans les intimider pareils au noir simoun,
A côté d'eux marchaient les cavaliers du goum.
Ainsi l'on voit souvent dans nos vertes campagnes
Auprès d'un jeune gars et loin de ses compagnes
Une fière beauté, l'œil vif et l'air mutin,
Braver mille dangers en son brillant matin;
Cependant la vertu fait sa plus sûre escorte
Et les hommes passant disent : Qu'elle est accorte !
Un heureux mouvement qui règne en tous les corps
Faisait d'un camp ouvert le modèle des forts;
Des fantassins il voit tous les rangs se confondre,
A des discours pressés chefs et soldats répondre;
Ce sont nos tirailleurs alertes et dispos,
En tout six cents guerriers qu'indigne le repos,
Depuis un an versés dans les camps, les alarmes.
Ils étaient douze cents qu'ont décimés les armes.

Là sont Rico, Roufflat, toi, Désiré Martin,
Que je retrouve au ciel en un brillant festin;
De Victoire le fils, Brunn, que chérit sa mère,
Et qui dans les combats remplace son vieux père;
Rappelant par l'aplomb nos immortels grognards,
Ce sont deux bataillons d'intrépides lignards
Dont les aïeux, dit-on, sur des coursiers rapides
Coiffèrent le turban au pied des Pyramides,
C'est d'eux qu'ils ont appris à chercher le danger
Au climat dévorant où le pâle oranger
Fournit ses pommes d'or suaves et nombreuses
Aux enfants malheureux de tribus courageuses;
C'est d'eux qu'ils ont appris à sourire aux hasards.
Ensuite des héros éclos au champ de Mars
Que leurs chefs ont choisis. Mêlés à tous ces braves,
Il les prend pour des Turcs, mais c'étaient des zouaves.
Son fer en les voyant s'abaisse avec honneur:
Ainsi tu n'étais pas l'archange du Seigneur,
Qui d'Éden sur Adam referma les cent portes,
O toi qui saluas nos guerrières cohortes;
Il n'était pas non plus l'archange Ithuriel
L'homme qui leur ouvrit les sept plaines du ciel,
Car son cheval ailé, baissant un front superbe,
A défaut de nectar se nourrissait de l'herbe.

Mais d'où vient que ses traits fléchissent vers la peur ?
Pourquoi l'étonnement et pourquoi la stupeur ?
En touchant notre camp craindrait-il pour sa vie ?
De l'apprendre de lui nous brûlions tous d'envie.

Quand parut Changarnier ardent comme un soleil,
A lui dans tout le camp il n'est rien de pareil ;
Sur ses épaules d'or sont trois fois deux étoiles,
Un burnous blanc et pur comme une nuit sans voiles
Répandait dans les cœurs une douce clarté
Et son calme serein rempli de majesté.
Cavaignac et Morris, Forey, Français d'élite,
A côté gravitaient comme un seul satellite.
L'Arabe est à ses pieds qu'il baise tour à tour,
Prie avant de parler, et puis, au nom d'Hamour,
Met la main sur son cœur en musulman fidèle,
Humilie un genou comme fait la chamelle ;
Enfin, assouplissant sa voix et son esprit,
En messager prudent, voici le ton qu'il prit.
Aux pieds du général l'homme arabe s'obstine :

« N'es-tu pas le vainqueur d'Alger et Constantine ?

Dit-il levant un œil dans les larmes noyé,
Moi, de l'agha du Sud je suis l'humble envoyé.
Craignant Abd-el-Kader dont la rage jalouse
Menace de ravir et Moyra l'andalouse,
Qui vaut seule un trésor, et la blonde Kolzir,
Au milieu du désert brillant comme un saphir.
Il fait venir Mammouth, car Mammouth on appelle
Du Prophète et d'Allah le serviteur fidèle ;
Il dit : « D'un roi puissant va trouver le vizir ;
Le danger est sur nous et la belle Kolzir,
De ses rugissements le traître nous menace,
Sans le plus prompt secours qui force son audace
Il changera bientôt en un affreux désert
Le Magreb où des voix s'élèvent en concert,
Proclamant des Français la féconde victoire
Par des chants répétés, préludes de l'histoire. »
Cela dit, il m'apporte un costume guerrier,
Me convie à monter ce superbe coursier
Dont les flancs sont luisants et les ailes rapides ;
Puis il ajoute : « Va, ne retiens pas les guides,
A son gré laisse agir le léger fils d'Aly
Que son père engendra sur les bords de l'Isly.
Tout à l'heure en sortant penché sur son oreille...
El-Arour est le but qu'il connaît à merveille.

Toi seulement maintiens sa noble tête au nord,
Je le connais, Mammouth, il ira sans effort ;
De retour en présent deux coursiers je te donne,
Outre les deux coursiers, pour toi seul j'abandonne
Les clefs de mon harem, où tu viendras choisir,
Mais tu me laisseras blonde Lolla Kolzir
Que nul ne donnerait pour l'empire du monde
Et que j'aime à l'égal et du frais et de l'onde. »
Ainsi me parle Hamour près des lieux où Moyra...
C'est elle et non Kolzir que ma main choisira
Si le Français vaillant écoute ma prière. »
« C'est bien ! dit Changarnier, console ta paupière,
Nous défendrons Moyra, l'objet de ton désir,
Et puis avec Moyra la divine Kolzir ;
Je ne te retiens plus que pour servir de guide :
Nous suivrons ton chemin et ton cheval rapide,
Je veux que dans dix jours tu sois près de Moyra
Qui vaut seule un trésor que ta main choisira,
Et le Français vaillant écoute ta prière. »
— Puis, d'une main de fer entr'ouvrant la barrière,
Il avise de près son premier lieutenant :
« Cavaignac, vous savez ce qu'il faut maintenant ;
— Aller rapidement où la gloire t'appelle,
— Aux troupes va porter cette bonne nouvelle ;

Nous partirons ce soir en l'absence du jour
— Ou du soleil. — Salut; — au revoir, — au retour. »

Cavaignac en sortant a rencontré la foule
Dont le flot en serpent autour de lui se roule.
« Jeunes soldats, merci de cette pression
Qui tournera bientôt en une ovation....
Cependant il me faut un moment de silence.... »
Le soldat lui répond par le choc qui s'élance.
« Ainsi puissent vous voir toujours nos enn mis!
Ainsi puissent-ils voir vos fils, ô mes amis!
Chacun de nous connait l'histoire de nos pères
Dont le sang généreux rougit deux hémisphères;
A l'ennemi comme eux épargnez le chemin,
Ayez et le devoir et le sabre à la main.
Vos désirs sont comblés, le devoir vous appelle,
Changarnier m'a chargé d'en porter la nouvelle :
Cet heureux général veut que dès cette nuit,
Dès ce soir, s'il se peut, malgré le jour qui fuit,
Vous ayez sac au dos où brille la gamelle
Et que pas un de vous n'oublie une ficelle.
Voyez-vous ce héraut sur l'herbe et le brocart,
Pensif, les pieds croisés, qui se tient à l'écart,

C'est l'envoyé d'Hamour-Ben-Ferrah. D'une haleine
Pour venir jusqu'à nous il a franchi la plaine
Au sud de Thiaret. Le lion des déserts
De ses rugissements a fait frémir les airs ;
Il veut frapper Hamour qui se donne à la France
Et punir notre agha de sa noble constance.
Il se promet déjà de piller ses douars
Et de rouler, dit-il, aux pieds ses étendards.
Les trésors, les tapis, les objets les plus rares,
Chaque jour sont promis à ses soldats avares ;
Les rangs et les honneurs flattent les réguliers,
Des yeux noirs de houris les jeunes cavaliers.
Notre allié pourtant que pressent les alarmes
A tous les siens promet le secours de nos armes.
Voilà ce que cachait naguère l'humble pli
Qu'à vos yeux sur son cœur un jeune koulougli
Pressait avec amour, peut-être avec tristesse,
En songeant aux dangers d'une belle maîtresse.
Qui sait si les Français, se dit-il en ce jour,
Qui sait si les Français voudront sauver Hamour?
Voulant, le pourront-ils ? et dans sa tête il roule
Des torrents de pensers qu'en sa langue il déroule.
J'ai dit. Vous l'entendrez lui-même ; ses discours
Ont la guerre pour fin et vous plairont toujours. »

Un cri rapide alors s'échappa de la terre,
Pénétra jusqu'aux cieux, ardent comme la guerre.
Napoléon debout sur son socle d'airain
Du haut des cieux répond à ce cri souverain.
Sa voix éclate ainsi que l'ardente mitraille,
Rassemblant ses guerriers pour un jour de bataille.
Incessamment livrés à ce sommeil sans fin
Qu'un jour doit interrompre un ailé séraphin,
Ses guerriers endormis ont relevé la tête.
Sept fois elle a sonné la fatale trompette.
Là, pareil au dieu Mars, Kléber, illustre nom,
Arrive à pas pressés des déserts de Memnon;
Là, franchissant la mer qui baigne Alexandrie,
Desaix accourt au nom de sa chère patrie.
Un peuple de héros dignes de Marathon
S'empresse sur les pas du sultan juste et bon.
Là sont tous les vainqueurs de Lodi, de l'Argonne,
Réveillés et debout quand la trompette sonne;
Là brille au premier rang le vainqueur de Zurich,
Qui repousse en nos temps les hordes d'Alaric;
Là le Belge au Français à tous les rangs se mêle,
D'un peuple de héros quel brillant pêle-mêle!

Les uns sont à cheval, les autres sont à pieds,
Des yeux lançant l'éclair, des corps estropiés.
Le brave maréchal qui relève l'Empire
Se montre sous ces traits où la valeur respire.
Il sauta tout armé dans l'abîme sans fond...
Dieu! qui l'en a tiré? son dévouement profond!!!
Lannes sur un brancard, les jambes amputées,
Vient voir par des Français des lignes emportées;
Fiers, mais silencieux, tous ces cœurs de lion
Sur le sort des combats sondent Napoléon.
En arrière, Murat semble craindre un reproche,
Eugène Beauharnais près de son chef approche,
Il porte aux yeux de tous avec un air serein
Le front respectueux devant son souverain,
Vrai type de héros, il n'a pas de faiblesse,
Sa parole est un glaive au tranchant qu'on caresse,
Elle brille sans art, agréable au toucher,
Elle ouvre en s'abaissant jusqu'au cœur de rocher :
— Quand nos corps ont fléchi sous la fatale voûte,
Pourquoi nous convoquer de nouveau sur la route?
Dit-il. Nous reposions sous nos marbres en deuil,
Qui trouble sans pitié la paix du froid cercueil?
Veux-tu que le guerrier que la mort environne,
Dont le sang est figé, te tresse une couronne?

Faut-il qu'obéissant à cet appel nouveau
Chacun de nous pour toi déserte son tombeau?
Parle, que nous veux-tu, ombre puissante et chère?
A moi, Murat, à moi! quoi! tu trahis un frère!
Vive Napoléon! soldats, c'est l'empereur!
Eh quoi! mon sang se fige et dément mon ardeur.

D'un mot Napoléon calme un trouble éphémère :
— Beauharnais, ô mon fils! dit-il, écoute un père;
Et vous, approchez-vous, vous tous mes compagnons;
Ma voix est un écho de jeunes bataillons
Dont l'ardeur fait fléchir le destin des batailles....
Quels combats je prévois! et quelles funérailles!!!
— De ces combats fameux serons-nous exilés?
A dit Lannes, malgré ses membres mutilés.
— Faudra-t-il leur montrer de près la vieille garde?
A fait le chef breton que ce devoir regarde
— De sa profonde voix dont s'émurent les cieux,
Mais lui, Napoléon : — Nous campons en ces lieux;
Ici, dans le palais de l'antique empirée,
Glorieux conquérant d'une plage éthérée;
En ces lieux avant nous, émule de Milton,
Un compas à la main s'est promené Newton.

Vingt cercles sont tracés au sein de cet espace
Que Dieu, l'ancien des jours, de ses rayons embrasse,
Mais que l'œil des mortels, encor mal affermi,
De la terre ne sait mesurer qu'à demi.
Mais nous, loin du séjour où s'agitent les hommes,
Dans les brillants parvis que recouvrent ces dômes,
Nous dont le front se mêle aux célestes lambris,
Malgré nos corps frappés n'offrant que des débris,
Nous pouvons cependant de cette haute sphère
Embrasser l'infini comme Dieu sait le faire.
Dans un cercle d'argent cet astre aux deux seins nus,
Près des feux du soleil, c'est l'astre de Vénus :
Avec amour Vénus se penche vers la terre
Qu'étreint de son côté Mars, le dieu de la guerre ;
C'est là qu'est le palais rayonnant du destin,
L'homme qui l'a conquis l'habitera sans fin.
Là brille après sa mort l'immortelle Corinne,
Belle comme Pallas ; et toi, ma sœur Pauline,
A tes genoux, tremblant, qui retiens Canova,
L'homme veut recréer l'œuvre de Jéhovah ! ! !
De Mars et de Vénus sous la double influence,
Au-devant du soleil la terre au loin s'avance.
Voyez, elle a franchi le signe du lion,
Dans un cercle de fer elle trace un sillon.

Ne vous semble-t-il pas vers l'Afrique enflammée
Entendre le pas sourd d'une invincible armée?
Comme un pur diamant sur le front de la nuit
La lune l'accompagne et se montre sans bruit
Enserrant dans ses bras les airs, la terre et l'onde.
La gravitation, comme un soldat de ronde,
Leur impose des lois, et l'immense univers
Sous elle incessamment s'avance dans les airs,
Semblable au contre-poids d'une énorme balance
Dans le calme imposant d'un tout-puissant s'élance;
Assise fortement à l'endroit de ses reins
La pesanteur est là qui leur donne des freins.
Tous alors consentant ont déposé l'audace
Qui les pousse en avant et mesurent l'espace,
Séparant pour toujours des hasards des combats
Un héros quand la mort a croisé ses deux bras.
Un moment on entend comme un profond silence...
Leurs yeux sont attachés sur l'horizon immense...
Puis, quand la nuit s'étend au séjour des humains
Où leurs yeux ne voient plus, tous se tendent les mains,
S'appellent par leurs noms ; leurs phalanges mêlées
Du ciel ont fait trembler les profondes vallées.

O toi qui fus témoin de leurs longs entretiens
Qu'un jour tu m'as contés, muse qui les retiens,
N'est-ce pas qu'au plus fort de ce trouble céleste
A défaut de la voix ils se parlaient du geste,
Qu'ils se parlaient des yeux? Tel un ardent essaim,
Quand de la terre au loin Flore entr'ouvre le sein,
Au temps du renouveau dans les plaines de France
Sous un brillant soleil se livre à l'espérance.
Dans des discours sans fin on s'étend à loisir,
L'un parle du passé, l'autre de l'avenir;
Longtemps c'est la mêlée, enfin c'est le silence:
Lorsque le calme est fait Napoléon commence.
Pour la deuxième fois à son gosier d'acier
Tous étaient suspendus, le soldat, l'officier.

« L'esprit de vérité, dit-il, ou de mensonge
Par un sommeil de mort vint me souffler un songe.
C'est nuit, et le moment de prendre de plus haut;
Un prince d'Orléans était au camp d'Helfaut;
Un autre, que je vis, avait quitté la ville
De Paris pour la mer : on l'appelait Joinville.
Il voguait au midi, tandis que, vers le nord,
Son frère, qu'a depuis frappé l'horrible mort,

Montrait avec orgueil à la France, sa mère,
Dix jeunes bataillons dont il était le père.
Puis, je ne sais comment, ô surprise ! ô bonheur !
Près de moi je te vis, Bertrand, avec honneur.
Mon sommeil cependant était lourd et sans trêve.
Est-ce une illusion que me versait un rêve ?
Il me semblait, ainsi que d'un autre Stentor,
Entendre autour de moi la voix d'Adamâstor
Qui souffle incessamment les vents et la tempête.
Le roc trembla deux fois où reposait ma tête.
Et je dormais toujours, et pendant mon sommeil
Le soleil se leva dans l'Orient vermeil.
Sur mon front abattu rayonnait l'espérance :
L'Océan me reçut, je voguais vers la France.
Pendant trois fois neuf jours je rêvais du pays
Comme on rêve en ces champs où naît le blond maïs ;
Bien longtemps !... Je touchais les côtes de Neustrie ;
Je voguais dans la Seine, au sein de la patrie ;
J'entendais, par moments, gronder le canon sourd ;
Sur moi l'air paraissait peser un peu moins lourd.
Abandonnant leurs toits, comme un jour de férie,
Les peuples affluaient vers la Seine en furie:
Sans doute le jouet d'une invincible erreur,
Je crus entendre, au loin, des cris de l'Empereur !!!

Sous un dôme éclatant qui dans les cieux s'élève.
Je reposais enfin à côté de mon glaive

Lorsque le fils aîné du plus puissant des rois
Au nord que j'avais vu, je vous l'ai dit je crois,
Pour troubler mon sommeil, sur les bords de la Seine
Guida dix bataillons de chasseurs de Vincenne.
Dix chefs les commandaient, aux insignes d'argent;
Des sous-chefs, des soldats, et, d'un pas diligent,
Sonnant je ne sais quoi de moderne et d'antique.
Il me souvient encor, c'est le pas gymnastique.
Un mois durant, Paris en est émerveillé;
Moi-même, sous ce pas, je me sens réveillé.
De tous côtés c'était l'attirail de la guerre;
Et sous un souverain pacifique naguère,
Les propos ressemblaient de ces nouveaux venus
Frémissants en vos mains, à ces longs sabres nus
Que trempe ici l'éther : leur fougue un peu hautaine
Semble les destiner à la guerre africaine.
Deux de ces bataillons, aux murs de Saint-Denis,
Au camp de Saint-Ouen, avaient posé leurs nids.
Leurs nids! car il s'agit de bataillons modèles
Dont les pieds sont légers, ou plutôt d'hirondelles.

De leur bouillante ardeur, aux deux rives de l'Ourcq,
Deux autres bataillons agitaient un gros bourg;
Ils plongeaient des hauteurs du camp de Romainville,
N'attendant qu'un signal pour envahir la ville.
Mais on attend en vain le signal fortuné;
Le signal qu'on attend n'est pas encor donné.
Six autres bataillons se voyaient à Vincenne
Ou dans des forts voisins des rives de la Seine;
Pour les voir manœuvrer, les peuples, dans Paris,
Oubliaient au printemps et les jeux et les ris;
Et tel qui n'a jamais à pied fait une lieue,
Pour les chasseurs, à pied visite la banlieue.
Moi-même je quittai la barrière d'Enfer;
Je voulus voir, je vis ces fils de Saint-Omer.
Que de héros alors vinrent frapper ma vue!!!...
C'était, comme en un jour d'une grande revue,
Quand au milieu de vous, lorsque j'étais mortel,
De tous nos ennemis acceptant le cartel,
La terreur et l'espoir de l'Europe alarmée,
Je quittais mon pays pour me rendre à l'armée;

Entre autres je te vis en ce temps et de près,
Penché sur mon cercueil, ô toi! dont les cyprès

Enveloppent le front plus beau qu'un diadème,
Et qui dois aux combats conquérir le ciel même.
Ce héros descendait de l'un de ces guerriers
Qui grandirent vingt ans au milieu des lauriers;
Son père, c'est Martin : UN BRIGAND DE LA LOIRE,
Cet ouvrage est écrit pour rehausser sa gloire;
Son fils, sous-lieutenant en son brillant matin,
Plus grand que lui, son fils est Désiré Martin,
Martin que doit ici conduire la victoire,
Et que proclameront l'épopée et l'histoire.
M'éveillant en sursaut et vous tous à la fois,
D'un de ses bataillons j'ai reconnu la voix,
Qui me frappa sur tous aux rives de la Seine
Parmi neuf bataillons de chasseurs de Vincenne,
Enfants de Saint-Omer et des hauteurs d'Helfaut.
Mais ici ma prudence est peut-être en défaut. »
L'Empereur avait dit, lorsque Martin d'Issoire
Jure que son coup d'œil n'est jamais illusoire...
« Tenez prêts les chevaux ainsi que les harnais, »
Glisse Napoléon au prince Beauharnais.
« Si j'ai pris un vain bruit pour une voix lointaine,
Demain nous chercherons sous la zone africaine,
Demain quand le soleil ramènera le jour. »

CHANT SECOND

Sur sa couche sans bruit faisant un demi-tour,
La terre cependant avec orgueil étale
De son corps émaillé la séve orientale;
Son flanc est radieux; sous de flottants habits,
Les trésors de son sein se couvrent de rubis,
Ses cheveux ruisselants semblent sortir de l'onde
Sous un climat de feu, c'est une femme blonde
Qui soulève son voile avec un long soupir,
Et du fond du désert appelle le zéphyr.

Ainsi, dans un sérail, une jeune odalisque,
Quand les feux du matin couronnent l'obélisque
Dans le bel Orient d'où nous vient le soleil,
Se tourne mollement et montre un sein vermeil ;
Ses yeux sont grands ouverts, car elle attend son maître ;
Dans ses rêves dorés elle l'a vu paraître
Sur sa couche embaumée où se cache l'amour.
Lors, si l'heureux mortel arrive avec le jour,
Il découvre d'abord un brillant hémisphère :
A l'univers ainsi se montrait notre mère,
Son regard est de feu, son sein d'or et vermeil.
Nos soldats cependant négligeaient le sommeil,
Et, formés dans leur camp en mobile colonne,
Entraînaient au désert le dieu Mars et Bellone.
Quel beau panorama ! . . . .

. . . .

A leur tête en second, Cavaignac, colonel,
Tranchait sur ce fond bleu dans ce jour solennel ;
Un long poil hérissé lui recouvre la bouche,
Du sanglier on dit la dépouille farouche.
A droite l'on voyait le brave Changarnier,
Qui veut voir des soldats défiler le dernier.
Mammouth, sur son cheval ainsi qu'une antilope,
Autour de Cavaignac incessamment galope ;

Il est sauvage et beau, car il songe à Moyra,
A son retour prochain près d'Hamour-ben-Ferrah,
Dont la main de présents s'ouvrira toute pleine,
Un penser ravissant qui le met hors d'haleine.
Il voyait après lui s'avancer sac au dos,
Nos soldats si légers sous leurs pesants fardeaux :
Au premier rang c'étaient les chasseurs de Vincennes,
Sous leurs pas redoublés retentissent les plaines,
En vain l'affreux lion s'appelle Abd-el-Kader,
Il doit tomber sous eux, enfants de Saint-Omer.
Là sont six cents héros, tous brûlants de bien faire,
Forey conduit au feu ce bataillon de guerre,
Forey, brave officier et digne commandant.
Forey de Changarnier l'ami tendre et prudent
Voyez ce lieutenant à l'ardeur si guerrière,
Et qui, le sabre haut, ouvre à tous la barrière,
Officier radieux, du Var un noble enfant :
C'est Martin Désiré, de la mort triomphant.
A sa jeune valeur qui n'a pas de rivale,
Au duvet rare et blond qui forme sa royale,
A ses armes d'argent, au baudrier de peau
Et de cuivre où pendait attaché le fourreau.
A deux mots composant son altière devise :
Rompre, jamais ployer, dont le héros s'avise,

On eût dit au printemps le vert mancenilier
Ou le chêne puissant qui ne saurait plier,
Et qui devient un jour maître de deux collines
Si le vent des combats soulève ses racines.
Nos forts carabiniers, tête de bataillon,
Reconnaissent sa voix, qu'un dieu, Napoléon,
Descendant des sommets de l'antique empirée,
Recherche en ce moment sous la voûte azurée :
Nul ne le sait alors ; mais un bruit de chevaux,
D'armes et de caissons, ont frappé le héros.

N. B. L'auteur a voulu, en donnant ces préludes, provoquer le plus de renseignements possible. Il a beaucoup étudié son sujet : il l'étudie tous les jours. Comme c'est une œuvre sérieuse et nationale qu'il se propose, il ne voudrait laisser en dehors de son cadre aucun fait, aucune gloire pouvant d'ailleurs y entrer. C'est donc à MM. les officiers et à tous les corps de l'armée d'Afrique qu'il s'adresse pour lui venir en aide. Ce sont eux qui ont d'avance taillé son poëme à grands coups d'épée et de belles actions. C'est à eux à informer l'auteur de ce qu'il ignorerait. Il connaît beaucoup l'histoire générale de nos guerres d'Afrique, pas assez encore, à son avis, cette histoire à la manière de Brantôme. C'est eux qui peuvent la lui apprendre. Cet appel est fait aussi aux sous-officiers et soldats. En ce moment, l'auteur s'adresse en particulier au 6e bataillon des chasseurs de Vincennes, aux 26e et 53e de ligne, aux trois cents chasseurs d'Afrique commandés par le lieutenant-colonel Morris et au bataillon des zouaves qui était sous les ordres du chef de bataillon Gardereus à l'Oued-el-Fodda.

La *Barbarie vaincue*, c'est le siége des montagnes de la Kabylie, et les différents assauts donnés de toutes parts à leurs forts et contreforts ne sont que nos nombreuses expéditions dans le pays.

Adresser *franco* à mes éditeurs, pour l'auteur ; ou à Paris, *hôtel d'Isly*, rue Laffitte.

OUED-EL-FODDA

SONNET

—

Mânes victorieux de l'Oued-el-Fodda,
Vos glorieux exploits vont vous rendre à la vie;
Relevez, mes amis, votre tête assoupie,
Pour vous chanter je veux composer un Edda.

Honneur, deux fois honneur à qui vous précéda,
Chasseurs au pied léger, l'orgueil de ma patrie :
Ce que peut au combat la *francese* furie,
Vos coups nous l'ont montré sur l'Oued-el-Fodda.

L'héroïsme est un feu dans le cœur et dans l'âme,
Mille feux dévorants dont je ressens la flamme ;
Les hommes, les chevaux, sous lui sont haletants.

Au front du fier héros où brille l'espérance,
S'il s'abat, c'est la mort ; mais la mort pour la France
Ou l'immortalité, belle de ses vingt ans !

Muse, raconte-moi les traits de cette histoire
Qu'inaugure et remplit le plus noble trépas.
Conserve d'un ami, conserve la mémoire ;
Mais pour chanter Martin, Muse, ne pleure pas.

Il marchait le premier, conduisant la victoire,
Ses yeux étincelaient de l'ardeur des combats ;
A ses pas attachés, ses compagnons de gloire
Escaladent d'un bond le temple de Mémoire,
Dont le seuil tout d'airain sourit à des soldats.

Cependant sur leurs corps offrant mille hécatombes,
Nos forts carabiniers montent, comme des bombes,
Deux grands jours les revers du sourcilleux Atlas.

Ces enfants de Japhet, cette illustre canaille,
Deux grands jours sur les monts font pleuvoir la mitraille
Sans prendre du repos, sans jamais être las.

LE DÉBARQUEMENT

CHANT DU JEUNE SOLDAT

Je sonderai tes plis, trop orgueilleux Atlas.
Sur nos légers bateaux mes pieds ont passé l'onde,
Pour venir jusqu'à toi, mont qui soutiens le monde,
Entends le flot montant de nos jeunes soldats.

Durant quatre grands jours désireux du bivac,
Quand me portait le dos de la plaine profonde,
J'ai bu des flots amers l'odeur nauséabonde,
Sans avoir sur la mer les honneurs du hamac.

4.

Le pont comme un taureau semblait saisi de rage,
Le marin, cet oiseau qui plane en temps d'orage,
Parlait de tourlourou, puis souriait tout bas.

S'il venait sur ce mont appuyer mon courage,
Il verrait ma valeur, exempte de naufrage,
Agiter de son plomb une forêt de mâts.

NÉCROLOGIE

A MON PÈRE

ACROSTICHE

Bonté de cœur, tu fus son bien, notre apanage ;
Respect au nom béni qui s'est couché le soir.
Une fleur ! une fleur sur la tombe du sage !
Nous la lui jetterons : une fleur, c'est l'espoir.

Partez, ô mes coursiers ! qu'un saint devoir enflamme ;
Il faut du haut des monts précipiter la flamme,
Et de grandes clartés couvrir vos flancs poudreux.

Reconnaissez mes lois ; au bout de la carrière
Ranimez sous vos pieds une froide poussière :
En vous voyant surgir qu'un père soit heureux !

A MA FILLE

SONNET

—

Carmina non prius audita.

L'Espérance aux longs cils
Et la blanche anémone
Dessinaient ses sourcils
Et sa vive personne.

Ma fille, auprès du fils
De la grande madone,

Tes yeux noirs s'ouvrent-ils
Sous ta blanche couronne?

Douce Marie-Emma,
Au père qui t'aima
Du haut du ciel pardonne.

L'Espérance aux longs cils,
En voilant tes sourcils,
A voilé ma personne.

NOUGARÈDE

ACROSTICHE

Nous avons vu le soir dans la sombre vallée,
Où l'ombre se déploie en longs habits de deuil,
Un père infortuné, près d'un vert mausolée,
Gravir pendant deux ans les berges d'un cercueil ;
A nous tous ses enfants, à son heure dernière,
Rappeler tout son cœur dans un suprême adieu ;
Et, faisant circuler un éclair de lumière
Dans cette sombre nuit de son heure dernière,
En nous bénissant tous se réunir à Dieu.

LES

PRÉLUDES POÉTIQUES

Odi profanum vulgus et arceo;
Favete linguis : carmina non prius.
Audita, musarum sacerdos,
Virginibus puerisque canto.

HORACE, *Poëme séculaire.*

BELLE MARIE

DÉDICACE

—

Bon Dieu ! me voilà bien près de grande madone ;
Elle peuple pour moi de voix et de concerts
Le désert effrayant, aride, monotone,
Le vide de mon cœur sous le vent froid d'automne,
En se montrant ma muse, et protégeant mes vers.

Ma main avec bonheur lui tresse une couronne,
Avec un vif espoir je m'attache à ses pas ;
Rien qu'en la contemplant tout me dit : Elle est bonne,
Il faudrait ajouter : Noble et belle en personne,
Et lui montrer ces vers qu'elle ne connaît pas.

A LA POÉSIE LÉGÈRE

UN MARBRE DE PRADIER

Le front serein, l'humeur badine,
Quelle est cette forme divine
Qui naît à la voix du marteau,
Comme ces traits de vive flamme
Partis de l'enclume de l'âme
Au gré de mon ardent cerveau !

5.

De l'Apollon du Belvédère
On dirait la sœur ou le frère,
Elle en a l'éclat, le dessin,
La blancheur, la toute-puissance,
La majesté, l'adolescence,
Les grâces, mais non pas le sein.

Ce sein dont la candeur m'attire,
Ce sein que surmonte une lyre,
N'est fécondé que par des dieux ;
De lui doués d'une humeur franche
Il sort au lieu de liqueur blanche
Des flots de vers harmonieux.

Gaiement sur cette double cime
De tout temps monte avec la rime
La voix du poëte immortel :
« Heureux Pradier qui fus son père,
Heureux tu ne quittes la terre
Que pour trouver la vierge au ciel. »

Ma voix, comme un fleuve qui passe,
Soupire sous ce blanc Parnasse

Dans un lit doré le matin.
La voix que creuse la disgrâce....
Un lit au bas de cet espace....
Un pied ne laissant pas de trace....
Tenez, vous êtes mon destin!!!

Voilà ce qu'un destin recèle,
Pourtant je couve une étincelle
Capable de fondre l'airain;
Pourtant comme une urne qui penche
Mon front est fils de l'avalanche
Des marbres tombés de sa main.

Au désert, quoi! Memnon s'éveille!
La lyre d'or charmant l'oreille
A vibré comme en temps serein.
Silence! au dieu de poésie,
A sa sœur, à la fantaisie,
Consacrons l'hymne souverain.

Mais là-bas un malin satyre
Insulte à tout ce qui m'inspire

Parce qu'il est eunuque et vieux.
Il faut punir son insolence,
Réprimer son outrecuidance :
Son souffle infecterait ces lieux.

Nîmes, 1849.

ANNA, OU LE CYGNE BLANC

Virginibus puerisque canto.

DÉSIRÉ, ACTOR.

DÉSIRÉ.

Cher Actor, d'où te vient ta triste inquiétude?
    En vain tout répond à tes vœux :
Un facile travail qui rejette l'étude
Et des loisirs dorés dans cette solitude,
    Tristes, languissants sont tes yeux.

Pourquoi porter, ami, l'esprit en bandoulière
Ainsi que ton fusil.

ACTOR.

Ami, sous Chamaillère,
Entends ce cygne blanc chanter
Avec amour, avec mystère,
Sous le ciel bleu de Chamaillère !!!..
Pour nous... oui, pour nous enchanter,
Ce jeune cygne solitaire
Repose un moment sur la terre,
On dirait qu'il va sommeiller ;
Ce jeune cygne solitaire
Au corps doux comme un oreiller,
A la voix blanche et familière,
Il faut, ami, le réveiller,
Sous le ciel bleu de Chamaillère.

DÉSIRÉ.

Un mode trois à trois roulant à sa manière,
Un ruisseau qui serpente et revient en arrière,
Achève avant le jour, brodé sur champ d'azur,
Ton rêve harmonieux qui me paraît si pur.

ACTOR.

Oh! que mon cygne blanc est plus beau que le rêve
Commencé dans la nuit et que le jour achève.
Voile ton front, Anna, car ton regard vainqueur
Me jette de ces feux qui me brûlent au cœur.
Le cygne paraît, il s'avance,
Il répond à ma voix sous l'eau qui le balance,
Sous ses pieds brille tout le ciel,
Les flots s'agitent en cadence,
Et tout le lac s'étend comme un cristal immense
Marqué de la lune de miel.

DÉSIRÉ.

Cet oreiller au doux plumage
Qui cause en ce jour ton ennui,
Cet oiseau léger et volage
De l'eau n'est-il pas un mirage?
Voyons, approchons-nous de lui.
Trop de beauté... si trop de charmes,
Ami, creuseront ton cercueil,
Tes yeux se remplissent de larmes
Et ta voix s'éteint dans le deuil.
Ne néglige pas la colombe,
Elle soupire au fond des bois;

Et le coteau de Prime-Combe
Entend sa murmurante voix.

ACTOR.

Mon cœur, en ce moment, que déchire un vautour,
Rêve à l'une la nuit, rêve à l'autre le jour.

DÉSIRÉ.

Si vers les voûtes éternelles
Et loin de toi, mon cher Actor,
Le cygne emporté par ses ailes
Venait à prendre son essor ;
Portant ses rames et ses voiles
Au séjour des blanches étoiles
Où roule un fleuve aux sables d'or,
La nuit, sur ton front, ô fils d'Eve !
La nuit que plane-t-il ? un rêve,
Mais c'est le *mens divinior*.

ACTOR.

Comme un cerf aux abois, Désiré, je succombe,
Et je franchis sous toi le chemin de la tombe.

DÉSIRÉ.

Ne parlons plus de mort et de sombres abois,
Écoutons, écoutons, fraichir sa grande voix.

LE CHANT DU CYGNE.

ANNA.

Tel qu'un époux brillant qui surgit de l'Allier,
Dont le flot jour et nuit se marie à la Dore,
Le soleil de ses feux a fait rougir Aurore,
Là-bas, voyez tourner l'ombre du vert hallier.

Tout m'invite à quitter le toit hospitalier :
De mille oiseaux divers la voix douce ou sonore
Et de l'onde la voix pour moi plus douce encore
Se mêlant au refrain du joyeux batelier.

Arrondie et moulée au doux sein de l'amante
Montrons au blond Phébus notre voile charmante
Où frémisse Zéphire au sortir des roseaux.

Parmi le flot qui dort, qui monte ou qui soupire,
Faisons deux fois le tour de notre humide empire,
A ses yeux berçons-nous sur le cristal des eaux.

Quel est ce léger bruit qui frappe mon oreille?
On dirait deux amis dont la voix est pareille.

LES DEUX CHASSEURS.

DÉSIRÉ.

Des sons que la rime balance
Et que nous souffle tour à tour
Avec mesure, avec cadence,
Le rhythme après un court silence,
C'est là l'hymne du pur amour.

ACTOR.

Écho joyeux fuit le rivage,
Il court se cacher dans les bois
Sur le mont voisin du nuage ;
Serait-il devenu sauvage ?
Serait-il jaloux de sa voix ?

DÉSIRÉ.

Écho ne peut fuir le rivage,
Écoute, Actor, écho, c'est moi;
Te suivant sous le vert bocage,
Tout prêt à partager l'orage
S'il venait à fondre sur toi.

ACTOR.

O vent qui pousses ma nacelle !
Vers ce navire de haut bord,
Porte en chœur notre voix fidèle
Qui tremble, faiblit et chancelle,
Et frémit à la voix du Nord.

Mais, battant l'eau de ses deux ailes,
Le cygne avait pris son essor
Pour des demeures immortelles
Où mes vers le suivent encor.

Des vers, une plume légère,
Que laisse l'oiseau du destin,
Telle est la part du solitaire
Sur la poussière du chemin.

La nuit, quand je dors sur ma couche,
Bercé par un rêve sans fin,
Des sons s'échappent de ma bouche,
C'est le cygne blanc qui me touche
Et me réveille le matin.

Le matin sur un lit de mousse,
Cygne céleste aux yeux d'azur,
Viens, oh ! comme ta voix est douce !
Viens, oh ! comme ton front est pur !

Tu fuis, et la voile élégante
Qu'aspire à caresser ma main,
Comme la gorge d'une amante
S'arrondit ; un souffle inhumain

Au fond de la froide colline
Dès les premiers rayons du jour
Agite mon cœur, qui s'incline
Vers l'objet d'un premier amour.

Cygne, quand tu quittes la terre
Vas-tu tenter le lac amer ?
Non loin des murs de Saint-Omer
Cherches-tu parfois l'Angleterre ?

Un fils de la blanche Albion,
Milton te vit, soudain sa lyre
Soupira comme l'alcyon,
Comme le vent de mer soupire.

Poëte aux immortels écrits,
Géant remonté d'un autre âge,
O toi ! levé sur un nuage
Au ciel qui ravit tes esprits,
Un cygne blanc a son image.

Un fils de la blanche Albion,
Milton, la vit, et son délire
Soupira comme l'alcyon,
Comme le vent de mer soupire....
. . . .

PRIMA DONA

A MADEMOISELLE S. M.

Catarina, ta voix si chère
Ne peut jaillir que d'un cœur pur ;
C'est pourquoi tel affreux parterre
Pour toi s'est montré lâche et dur.

Quel trésor nous vient de Marseille !
Quels accords ! quels nobles accents !

Mon âme entière, à mon oreille,
Écoute, regarde, ô merveille!
Écoute et voit d'un même sens.

Ton œil noir, ta grâce décente,
La mâle beauté de ta voix,
Ta piété douce et touchante,
Tout en toi m'entraîne et m'enchante,
Et fait de ma fibre vibrante,
O forte beauté de mon choix!
Et de ma lèvre bégayante,
Un écho frémissant des bois.

Celui qui te nomma Sophie,
Dont l'œil descend jusqu'en ces lieux,
Le dieu que le pervers défie,
Qui vit d'amour et d'harmonie,
Ta vertu nous le concilie;
Et ton verbe mélodieux,
Ainsi que mon âme attendrie,
Inondent Nîmes, ma patrie,
De flots de pure poésie
Qui nous emportent vers les cieux.

Ta douce et rayonnante image
Pénètre jusque l'atelier,
Et, comme l'oiseau dans la cage,
Chaque soir Jeanne, sur la plage,
Donnant rendez-vous au beau page,
Soupire comme un gondolier.

Ce sont mille échos d'Italie,
Répercutés sous le ciel bleu :
Le ciel de l'homme de génie
Qui fait asseoir ma fantaisie
Auprès de sa lyre de feu.

Par toi la voix de Juliette
Me jette un parfum matinal,
Et son chant, comme l'alouette,
Partant de l'humble violette,
Vole pour saluer Odette,
Ce rayon pur et virginal.

Mon cœur, tel que l'humble pédale
Que foule ton haut brodequin,
Retentit comme la cymbale
Que l'enfant porte en chaque main.

Jusqu'ici, dans l'aride foule,
Si le genre humain qui s'écoule
N'a pour seul bien que des accords,
Chantons de concert, ô Sophie !
Dieut le veut : un vent d'harmonie
Un jour réveillera les morts.

Quel concours de blanches étoiles
S'attache à tes longs vêtements;
Le soir a rejeté ses voiles,
La nuit scintille par moments,
Retenant ses cheveux d'ébène,
Si longs, si noirs, et son haleine,
Dont le ciel même s'est épris,
Elle prélude, elle s'avance,
Elle prélude, et le silence,
Et le silence en est surpris.

MES PENSÉES

A MADAME DE N.

Par un beau jour d'avril, sous le grand marronnier
De Grenoble, ville choisie,
Avec toi je causais, aimable Molinier;
Je causais fleur de poésie.

J'avais fermé le livre, et sous mon doigt pressé
Dormait la romance captive ;
Mon cœur était ouvert, nonchalamment bercé,
Mon oreille était attentive.

L'air qui passait sans bruit entre les orangers,
C'était bien le divin Zéphire;
Il avait les douceurs, sans avoir les dangers,
Du plus amollissant délire.

Comme on voit au soleil briller à l'œil ravi
Un essaim d'abeilles pressées,
De chacun de mes sens on voyait à l'envi
Sortir, bourdonner mes pensées,

Qui toutes revenaient, par un heureux détour,
Au sein de la ruche choisie :
Élaborant la nuit, en attendant le jour,
Le miel divin de poésie.

Tout prospérait alors au foyer odorant;
Je comptais les plus infidèles,
Après le dur hiver et l'automne expirant,
En dépit des fleurs les plus belles.

Cet heureux temps n'est plus, et je refais ce soir,
Ami, l'histoire d'Aristée.
Quand j'étais demi dieu! ah! cruel désespoir,
Ma ruche est veuve et désertée!

Adieu, ma lyre d'or, qu'accordait cette main
Avec leurs ailes frémissantes ;
Qu'on m'apporte aujourd'hui, qu'on m'apporte demain
Deux cymbales retentissantes !

Avec elles je veux, suivi d'un simple enfant
Et le front couronné de lierre,
Je veux les ramener au logis triomphant
A travers des champs de lumière.

Avant que de partir sous le toit paternel
Qui retient les plus paresseuses,
Brûlons un pur encens et répandons du sel
Les globules mystérieuses.

Mais où tourner mes pas, et sur quels bords fleuris,
Ou dans quelle noire vallée,
Faire entendre le son des cymbales, les cris,
Fils de ma plainte désolée ?

Faut-il suivre le cours du bondissant ruisseau
Qui s'élève dans les montagnes,
Ou sonder tous les plis du verdoyant berceau
Pour vous trouver ? ô mes compagnes !

Par un beau jour d'avril, sous le grand marronnier
De Grenoble, ville choisie,
Avec toi je causais, aimable Molinier;
Je causais fleur de poésie.

Une dame passait... Si je savais son nom...
Grande, belle, noble, avenante,
Je la tiens de Grenoble : et toi qui me dis non,
Et qui la fais dame de Nante.

Ah! si dans son jardin, au milieu de ses fleurs,
Dont l'éclat resplendit en elle,
Ah! s'il m'était donné de calmer mes douleurs
Et d'assembler l'essaim fidèle!...

Content de vous revoir, brunes filles du ciel,
A la dame de mes pensées,
Tous les ans j'offrirais un pur rayon de miel,
Doux fruit de vos grappes pressées.

SUR LE PONT DE SOMMIÈRES

A M. G. D.

—

Leves sub noctem susurri.

A la faible clarté qui tombe des étoiles,
Heureux qui peut, le soir,
Par une blanche nuit qui soulève ses voiles,
Heureux qui peut s'asseoir

Et respirer le frais, le murmure de l'onde
Qui caresse ses bords,
Avec toi sur un pont qui vit passer le monde
Et qui survit aux morts.

Ce vieux pont radieux, c'est le pont de Sommières
Où brille la croix d'or
Sur son cintre romain et sur son front de pierres;
Lorsque la ville dort,

Où l'on peut s'oublier aux longues promenades
Pendant les nuits d'été,
Et trouver, au retour, les vives sérénades
Sous un ciel enchanté;

Où l'on entend un bruit lointain de cascatelle
Serein, harmonieux,
Venant à la cité par les conques d'Estelle,
La reine de ces lieux.

Est-ce un faible roseau qui sous les doigts soupire
Du poëte immortel,
Ou sous les doigts de Dieu la harpe qui respire
Suspendue à l'autel?

Ou n'est-ce pas la voix, le murmure de l'onde
Qui caresse ses bords,
Et passe sous un pont qui vit passer le monde
Et qui berce les morts?

Au lit de la Vidourle, aux longues plages vertes,
Au pied du monument,
Regarde! et vois du ciel les portes entr'ouvertes
Au nouveau firmament!!!

Si j'étais cygne blanc, au corps pur et d'albâtre,
En l'étoilé bassin,
Pour récréer mes sens, l'on me verrait m'abattre
Et rafraîchir mon sein.

Négligeant la beauté qui mollement repose,
Et qui tend ses bras lents,
Et ses seins arrondis et sa bouche de rose
Aux farfadets tremblants.

Devant ce grand concert de toute la nature,
Et toi qui dis encor,
Le soir, quand tout se tait, ami, ta voix est pure.
Mais quoi! le son du cor!!!...

Qu'apportent, par moments, les brises de Fonbonne
(*Lou mas de moussu Pioh*),
Où l'heure, de tout temps, s'écoule lente et bonne :
Ciel ! le joyeux écho !

Ah ! quel temps cette voix éclatante reflète !
Quel long *Alleluia !*
Et quels parfums d'amour, faisant tourner ma tête,
Auprès du vert thuia.

Là, te voyant venir du côté de Sommières,
Pour te presser la main,
Je courais comme un faon à travers les clairières :
J'étais dans le chemin.

Tu venais saluer ma belle et noble tante :
Mais, regrets superflus !
Que nous étions joyeux et qu'elle était contente
En ce temps qui n'est plus !

Tu te souviens encor de ses grands yeux de duègne,
De ses grandes leçons ;
Nous disant à tous deux : « Enfants, quand on se baigne,
On met blancs caleçons. »

Pourquoi? qu'a-t-elle vu sur la berge opposée?
　　Le regard curieux,
Une jeune beauté le pied dans la rosée,
　　La reine de ces lieux.

Quand on a le corps blanc et pur comme l'albâtre
　　Devant un œil mutin,
Ah! dans de chastes eaux qu'il est doux de s'ébattre
　　En son riant matin!

Détachons, il est temps, ma jument limousine
　　Et posons pour rimer
Sur sa croupe et ses flancs ma charmante cousine
　　Qui va s'en alarmer.

Les cloches du couvent de leurs voix argentines
　　Disent distinctement :
Non, ce n'est plus le soir, non, non, chantez matines,
　　Nones, et lentement.

De l'hôtel Bonafé les portes sont fermées;
　　Se jouant dans les airs,
De nos havanes seuls s'échappent des fumées
　　Le long des quais déserts.

Les voitures de Franc dépassent Bénobie
Au bruit de leurs grelots,
Du côté de l'Espagne où dort Fontarabie
Les deux pieds dans les flots.

La lune, qui tantôt était épanouie
Au signe du Lion,
Dans les hautes forêts se perd évanouie
Aux bras d'Endymion.

Et j'aperçois déjà de l'utile Cévenne
Le pied de sierras
Et le ciel resplendir qui blanchissait à peine
Où tu la trouveras.

Faut-il le dire, ami? C'est sur ce pont propice,
En ces lieux enchanteurs,
Que se dressa l'autel du premier sacrifice
Qui fuma dans nos cœurs,

Lorsque la pâle mort, semblable à Tysiphone,
Malgré tes larges pleurs,
Vint faucher tristement la vierge que couronne
La plus chaste des fleurs.

Et dix fois le printemps a passé sur sa tombe
Et sur son oreiller,
De son aile touchant l'immortelle colombe
Sans pouvoir l'éveiller.

Combien de temps encor sous cette croix latine
Où s'arrêtent tes pas
Dormira celle qui d'une voix enfantine...
Mais il ne répond pas !!!

Comme un ramier posé sur l'arbre de la vie
La Vidourle, en son cours,
Seul le fleuve immortel dit : « Elle fut ravie, »
Et roule mes discours...

ΖΩΗ

A MADAME J. S.

—

Quand Dieu la fit sortir d'un baiser créateur
Qui remontait à lui comme au suprême auteur,
Un souffle qui cinglait vers l'homme et vers la terre
Vint récréer mes sens plongés dans l'onde amère;
Le bonheur descendit du céleste séjour
Sur moi, faible mortel, comme un rayon du jour,
Et de Très-Haut je vis les grandeurs infinies,
Et mon âme conçut de saintes harmonies;

Et sa voix, au matin, fut comme un gai réveil
Qui longtemps retentit au lever du soleil ;
Pour elle je m'assis au fond de la colline,
Roulant des mers d'amour au fond de ma poitrine,
Pour elle je vécus dans le même hameau,
Pour elle j'essayai l'agreste chalumeau,
Pour elle je tentai la plus noble conquête ;
Elle me fit soldat, elle m'a fait poëte.
Ainsi, lorsque Vénus, fille des flots amers,
Dans sa conque nageant paraît au fond des mers,
Et que du port l'on voit la beauté qui sommeille,
Dans un long cri d'amour la nature s'éveille ;
Les rustiques bergers sur d'agrestes pipeaux
Méditent leurs chansons en suivant leurs troupeaux,
Enflent leurs chalumeaux ou pressent la musette
Sur le point de la mer où leur reine s'arrête,
Et, pour la saluer, les passereaux bavards
Font retentir les airs des champs aux boulevards,
S'élèvent jusqu'aux toits des faubourgs et des villes,
Oublieux, deux à deux, des discordes civiles ;
Pour elle l'humble ver recèle son bonheur
Au sillon, qui l'eût dit ? de l'humble laboureur.
Sous l'empire des lois qui régissent les mondes,
On voit Léviathan bondir au sein des ondes

Mais, sans te rabaisser sous un fatal niveau,
Toi que l'homme et le ciel marquèrent de leur sceau,
Je veux parler de toi, ma douce tourterelle,
Que ne caches-tu pas sous le pli de ton aile?
C'est de ton noble flanc et de ses alentours,
De ton front radieux, aux pudiques contours
Couverts d'un long baiser fécondant toute une âme,
Que sur moi s'épandit une céleste flamme.
Du sort, Zoé, tu sus apaiser la rigueur,
Être femme adorable, être mère, être sœur;
C'est de ton sein aimé que découle la vie,
Ce mystère d'amour du ciel digne d'envie,
Compris des immortels, qui, fatigués des cieux,
Sont venus contempler ton éclat radieux;
C'était plus qu'un soleil qu'ils cherchaient sur la terre,
Les dieux jaloux, c'étaient tes yeux, beau luminaire,
Qui, levés sur leur âme, y portaient mille ardeurs,
La vie et ses attraits, les regrets et ses pleurs,
Cet accompagnement de l'existence humaine,
Les soucis, le plaisir, le plaisir et la peine,
Ce qu'on ne trouve pas au céleste séjour
Et que toujours produit et la vie, et l'amour.
C'est d'un profond sommeil que la femme est sortie,
La première qui fut par Dieu même assortie,

C'étaient bien de Zoé les vivantes couleurs;
Zoé parmi les ris, Zoé parmi les fleurs,
Zoé de l'homme heureux la compagne bénie,
Comme un soleil d'amour par la nuit rajeunie,
Zoé posant un but aux plus nobles labeurs,
Tantôt par un souris, tantôt par ses rigueurs;
Être à côté de toi, quel Éden sur la terre!
Zoé! Zoé! Sophie!... Arrête ton ardeur,
D'un monde de beautés ardent cultivateur.

ROSE ET LIS

OU

DEUX FLEURS D'UNE MÊME FAMILLE

ROMANCE

Rose d'amour, lis enchanteur,
O double parfum de mon âme!
C'est vous que ma lèvre réclame
Et vous que ma bouche proclame
Avec ardeur.

La rose est une fleur que j'aime
A cueillir seul en mon chemin,
De cent beautés elle est l'emblème,
La rose aux lèvres de carmin.

Rose d'amour, fleur de mon cœur,
Charme des yeux, parfum de l'âme,
C'est toi que ma lèvre réclame
Et toi que ma bouche proclame
Avec ardeur.

Sur sa haute tige, en silence,
Voyez, blanc comme un minaret,
Voyez le lis qui se balance :
C'est la rose pâle d'attrait.

O lis d'amour, lis enchanteur !
Charme des yeux, parfum de l'âme,
C'est toi que ma lèvre réclame
Et toi que ma bouche proclame
Avec ardeur.

Un soir, au berceau de charmille,
Ainsi le troubadour chantait

Deux fleurs d'une illustre famille;
Il chantait, la brise écoutait.

Rose d'amour, lis enchanteur,
O double parfum de mon âme!
C'est vous que ma lèvre réclame
Et vous que ma bouche proclame
Avec ardeur.

L'ÉPOUSE

SCÈNE D'INTÉRIEUR

I

Ma bonne Eugénie,
Pendant un gala,
Comme un bon génie,
Ton œil me parla.
Ta noble assurance,
Ta douce rigueur,
Un jour d'espérance,
Terrassent mon cœur.

II

Pourquoi mon vieux père,
Mon père au cœur d'or,
Ainsi que ma mère,
Ne vit-il encor?
Épouse charmante,
Bien plus qu'une sœur,
Bien plus qu'une amante,
T'adore mon cœur.

III

Par toi mon ménage
Fait envie aux dieux,
Pas un seul nuage
Levé dans nos cieux.
Pourquoi mon vieux père,
Mon père au cœur d'or.
Ainsi que ma mère,
Ne vit-il encor?

IV

De grande madone
L'œil levé sur moi

Par toi, toi! me donne
Le souhait d'un roi.
Viens, mon Eugénie,
Approche, ma sœur,
Ange, bon génie,
Et viens sur mon cœur.

V

Quand de la madone
Les yeux sont sur nous,
Ceux de ta personne,
Où sont-ils, si doux?
Rayon d'espérance,
Ange de bonheur,
Plus qu'une autre en France
T'adore mon cœur.

VI

Et belle et modeste,
Elle a tout pour soi,
Mon bonheur l'atteste,
Je suis vraiment roi.
Viens, mon Eugénie,
Viens, ô mon honneur!

Ange, bon génie,
Qu'adore mon cœur.

VII

Quoi ! sa voix m'appelle,
Oui, sa douce voix,
Qui veut qu'on dételle
Mon coursier, je crois.
Oui, sa voix m'appelle,
Elle veut, ma foi !
Que vite on dételle ;
Ne suis-je plus roi ?

VIII

Mais de ma madone
Les yeux sont sur moi,
Elle me pardonne,..
Elle me fait roi
Rayon d'espérance,
Ange de bonheur,
A toi seule, en France,
Je donne mon cœur.

LA VOIE LACTÉE

A MADAME F. V.

Madame, l'autre jour en vous prenant le bras
Je pensais à Junon ; mais je ne savais pas
Combien vous ressemblez à la fière déesse
Dont les bras blancs étaient si fameux dans la Grèce.
Écoutez, ce matin, ce qu'on m'a dit de vous :
Chez madame Sibert je cherchais votre époux,

Je pensais y trouver votre sœur Ernestine,
Qui valse la polka d'une grâce divine
Dans le salon dansant de madame Sibert,
Où l'on la prend le soir pour la fille de l'air,
Quand de vos doigts unis, ô Paul et Virginie !
Du cor, du piano vous versez l'harmonie.
Je venais demander comment allaient ses yeux,
Que j'avais vus couverts d'un verre injurieux :
« Celle, on me répondit, qui, d'une voix si douce,
« Charmait vos souvenirs au nom de pamplemousse,
« Celle dont le mari sera grand médecin,
« Près de son cœur a pris un remède divin ;
« Florida, pour sa sœur, de son sein de créole,
« A répandu de lait une blanche auréole,
« Et deux astres rivaux ont brillé sur l'azur
« De son front de vingt ans où règne un air si pur.
« A ses deux pieds on voit son esclave fidèle
« Montrer ses blanches dents en la voyant plus belle,
« Et Domingue, au jardin, a devancé le jour
« Où, vieux, la serpe en main, il presse son retour. »
Et moi, pour célébrer un si divin collyre,
« Dès ce soir, » ai-je dit, « je veux prendre ma lyre ;
« A ma voix on verra tous les pieux mortels
« De Junon Florida rebâtir les autels,

« Le soir, lorsque la nuit s'avancera sans voiles,
« Suivie au haut des cieux d'un cortége d'étoiles,
« Ou lorsque votre sœur, madame Déléon,
« De ses yeux montrera la constellation,
« Et daignera verser sur la foule attristée,
« Madame, les rayons d'une *via* lactée. »

FANTAISIE

Est-ce pour réjouir notre sol attristé
Par les neiges amoncelées,
Ou pour ravir nos cœurs, ô reine de beauté!
Que vous quittez Paris, la plus belle cité,
Et descendez dans nos vallées?

Vous voyant, il se peut qu'un honnête pasteur
Vous confonde avec sa madone;

Il voit déjà l'encens qui monte de mon cœur,
Et puis votre regard et modeste et vainqueur,
Et puis votre front qui rayonne.

Ces vers, je les traçais près d'elle, sans efforts,
Avec le fer de ma houlette;
L'hiver avait blanchi les campagnes de Corps,
Des Alpes se dressaient les hardis contre-forts,
Et nous montions à la Sallette.

A MADEMOISELLE S. L.

Me serait-il permis de vous dire, madame,
Tout ce qu'en ce moment naît de trouble en mon âme :
Un bruit faux, un sot bruit, qu'il vous faut démentir,
Court et répand partout que vous allez partir !
Partir quand moi surtout je vous connais à peine !
Évidemment un bruit que l'on jette à la Seine ;
Le monde ne va pas ainsi tout de travers.
Donc, fi de ces propos et berçons-nous en vers.

Dès ce soir nous aurons la lettre d'Altaroche ;
Elle a quitté Paris, je la vois, elle approche ;
Quand vous la recevrez, placez-la sur ce sein
D'où vous la tirerez pour moi seul à dessein.
En sortant de vos mains je la baise et l'accueille :
Dieu! qu'elle a dû frémir dans le blanc portefeuille!
Grâce à tous les parfums d'un si chaste matin,
Elle respire au soir la rosée et le thym.
Chevalier cependant d'une longue figure,
Si je faisais un trope avec un vain augure,
Ou si ce que l'on dit n'était pas une erreur,
Et si le ciel par là nous montrait sa fureur!
Paris pour qui je veille et pour qui je m'épuise,
Paris lirait un jour mes vers et ma surprise,
Et dans ces hauts salons qui se ferment au jour,
On dirait : « Il était sous un rayon d'amour ! »
Cependant quand ce soir vous jouez Hermione,
Je ne vous verrai pas en fureur de lionne.
Vous me le pardonnez, n'est-ce pas, Sionna?
Vous bonne, et que le ciel de vertus couronna
De grâces, de vertus, et puis encor que sais-je ?
Jeune fille à l'œil noir, au teint pur et de neige.
Mais, si vous nous restez, si pendant ce long soir
(Je vous l'avais bien dit que j'étais sans espoir)

L'on vous voit, rassurant le timide parterre,
Promettre encor longtemps de réjouir l'Isère.
Je verrais Hermione, et je dirai tout bas :
Dieu ! cela se peut-il, Pyrrhus ne l'aime pas ! ! !
Et puis, si l'on voyait recommencer les fêtes
Pour vous, l'on me verrait me mêler aux poëtes,
Et, le front couronné du lierre décevant,
Pour le ciel ou pour vous marcher droit en avant,
M'approcher de Sapho, de myrtes couronnée,
Pendant les plus beaux jours de la plus belle année.

Grenoble, février 1851.

SOUS UN CORSET

RONDEAU

A LA MÊME

—

Sous un corset de Madrilène,
Cache, Sapho de Mytilène,
Aux yeux tes ravissants appas,
Qu'on chante et qu'on ne touche pas,
Craignant d'être mis hors d'haleine.

Et si l'ami de Philoxène
Faisait retentir sur la Seine
Des vers qui portent le trépas
Sous un corset.

Sur ta gorge de porcelaine,
Resserre un débris de baleine ;
Celui qui de près suit tes pas
Ne craint rien tant, parlons plus bas,
Que de trouver une inhumaine
Sous un corset.

LA BAIGNEUSE

SONNET

Vous dont le front est blanc et pur comme l'aurore,
Dont la lèvre, à mes yeux, rappelle le carmin,
Et dont les yeux sont pleins de feux douteux encore,
Ah ! si de votre cœur je savais le chemin !

Peut-on vivre et brûler d'une ardeur qui dévore ?
Sans vous je ne sais pas quel sera mon destin :
Mes vers vont s'envoler ; mais feront-ils éclore
Nombreux ces lis si purs que recèle ton aein ?

Quel rêve cette nuit! Sous l'onde paresseuse
Qui repose à grands flots, une blanche baigneuse,
Dont j'admire à longs traits les ravissants appas;

Et, sur son front penché, d'une voix amoureuse,
Moi-même qui disais sous une forme heureuse.....
Grand Dieu! le rêve aidant, que ne chante-t-on pas?

LES CAUCHOISES ET LE JEUNE ARTISTE

SONNET

Aspirant les zéphyrs comme nos grands vaisseaux,
A quoi les comparer, ces ravissants visages ?
Au plus luxuriant de tous les paysages,
Exerçant tour à tour mes yeux et mes pinceaux.

Qu'on me donne pour prix de mes riants tableaux,
Et je vous le promets que je serai bien sage,

Pour faire de l'amour l'heureux apprentissage,
Une tête normande, et sa croupe de Caux.

La Cauchoise, passant avec ses grandes voiles,
Pareille au fort vaisseau qui se fie aux étoiles,
Me rappelle Vénus, fille des flots amers;

Cet astre de beauté qui brille à l'Empyrée,
Et que la Grèce, un jour, contempla du Pyrée,
Je le retrouve au soir sous ces grands pommiers verts.

A M. PHILOXÈNE BOYER

QUI M'AVAIT CONSEILLÉ DE M'EXERCER AU SONNET

Du vigoureux sonnet, pour me donner le ton,
Celui qui te dota du nom de Philoxène
Était un Grec heureux, disciple de Platon :
Il brillait à Paris quand j'étais à Vincenne

Adorateur connu de la blanche Junon,
Riche et fier des débris de l'immortelle Athènes,

Dans son maitre il a lu ce que vaut un beau nom,
Un nom surpris aux lieux où tonnait Démosthènes.

A vingt ans, quand déjà tu tiens le nom d'auteur,
Songe à celui qui fut deux fois ton créateur,
Dont l'amour te rendit deux fois les cieux propices.

Dans leurs fêtes en chœur n'entends-tu pas les dieux,
En chœur te proclamer, jeune homme harmonieux,
Et ton nom s'avancer sous les plus beaux auspices ?

Grenoble, janvier 1851.

LE POËTE

A M. DE LAMARTINE

Musarum sacerdos.

De ver, il devient papillon
Au sein des fleurs et du Zéphire;
Il trace son léger sillon :
Dans l'azur des cieux je l'admire.

Puis, penché sur un aviron,
Un jour il s'échappe en navire;
C'est le rival de Cicéron,
César surmonté d'une lyre.

Sa voix domine l'ouragan,
Frappe l'intrigue et l'intrigant
Dont le voile obscur se déchire.

Il meurt; mais j'écoute le vent :
Il apporte l'hymne vivant
Que méditait pour nous sa lyre.

APRÈS UNE COURTE MALADIE

AU PAYS

Mornes silencieux, et toi, ma Sierra,
Battus par les autans, balayés par l'orage,
A mon sens, vous parlez bien plus haut que le sage :
Car vous, c'est le passé, et vous, ce qui sera.

Salut, berges de Vic que mon cœur adora ;
Coteaux harmonieux qui longez cette plage,

Dont les fronts surbaissés n'ont jamais un nuage,
Combien je vous aimais, nul ne vous le dira.

Pour vous chanter j'ai fait ce qu'un jour fit un ange,
Qui, s'abattant du ciel à l'ordre de l'archange,
De ses mains vint rouler la pierre d'un tombeau.

Voyez ce chef poudreux que couronne le lierre,
Voyez ! il s'est meurtri contre l'étroite pierre,
Qui résiste et puis cède aux ardeurs du cerveau.

CARMINA NON PRIUS

Mornes découronnés,
A la face poudreuse,
De vos flancs surannés
Coule une vie heureuse.

J'ai vu sur vos sommets
Ma veine aventureuse,
Par de nombreux sonnets,
Devenir plantureuse.

Ainsi l'on voit l'enfant
Caresser triomphant
Le chef de son vieux père.

Le vieux père est heureux
Malgré son chef poudreux
Qui fléchit vers la terre.

STAOUËLI

OU UN TRIPLE NOVICIAT AUX FRÈRES DE LA TRAPPE

A M. ASTIER

Prece et aratro.

I

Dans un désert affreux comme une sépulture,
Où languissaient les fruits privés de leurs parures
Près des flots et du port,
Mes frères au Seigneur, sous leurs habits de bure,
Posant l'humble bourdon, ont créé la verdure
A l'ombre de la mort.

II

Et puis là tous les jours, sous la loi du silence,
Sous l'oranger en fleur, ils creusent la distance
Qui rapproche du seuil,
Du seuil harmonieux que moi-même en délire,
Essayant de tirer quelques sons d'une lyre,
J'ai dû nommer cercueil.

III

C'est en vain que, pressés d'une rage profonde,
Tous les vents à la fois les rejetaient au monde :
Tu raffermis leurs cœurs,
Et tu frappas les flots d'une terreur commune,
Toi qui marquas leur lit sur cette haute dune,
Bon et divin Pasteur.

IV

O Dieu qui les conduis ! tout ici te proclame,
Et la voix de mon cœur, et la voix de la lame
Qui se brise à mes yeux.
Un jour un naufragé pousse un cri de détresse :
Non, ce n'est plus un cri, c'est un chant d'allégresse,
Divin concert des cieux.

V

Voyez paître un troupeau d'infidèles esclaves,

Voyez l'ardent volcan précipiter ses laves
Du mont sur le troupeau ;
Mais voyez le bercail, commençant une autre ère,
Réunir les agneaux et la brebis la mère,
Victimes du couteau.

VI

La sombre mer, qui bat et fait mugir la plage,
A reconnu ton doigt marqué sur le rivage
Et reculé d'horreur.
Moi que ton doigt jeta sur les bords de ce monde,
Moi, marqué de ton sceau, quel déluge m'inonde
Dans ta paix, ô Seigneur !

VII

En vain j'appelle à moi mille raisons abstraites,
En vain je me défends par d'utiles retraites,
Le flot monte toujours ;
Il surmonte mon cœur, il menace ma tête.
Entends siffler, grand Dieu ! l'aile de la tempête,
Et viens à mon secours.

VIII

Tel que le passager qui se rattache au câble,
Et que le flot amer de son venin accable
Par-dessus les sabords,

J'apporte en ces hauts lieux l'odeur nauséabonde
Des flots tumultueux que fait briller le monde
A mes yeux sur ces bords.

IX

Tous mes pieux desseins, agités en silence,
Sont comme le roulis du vaisseau qui s'avance
Vers le sable désert ;
Ils hésitent longtemps, battus par la tempête,
Et, jouets de mon cœur ainsi que de ma tête,
S'échappent en concert.

X

Comme de l'Océan, et sans fond et sans rives,
De mon cœur tourmenté sortent des voix plaintives,
O mon Dieu, mon Sauveur !
Le flot est saturé d'une amère tristesse.
Pose ton pied, Jésus, sur les eaux, le temps presse,
Pose ton pied vainqueur.

XI

C'est demain que je prends tes couleurs, ton armure,
Demain, sous le ciseau, tombe ma chevelure,
Demain, ardent faucheur.
Le temps, que tu vainquis, posant le diadème,
Devenu ton vassal connaît la loi suprême,
Ta sainte loi, Seigneur.

XII

Mille fois plus profonds que toute humaine sonde,
Des soupirs étouffés me soufflent loin du monde
Un frisson de plaisir;
Soulèvent tout mon corps du fond à la surface,
Et moi, que tu défends, sous ma sainte cuirasse
Je connais le désir.

XIII

Quand le vent du Très-Haut, comme l'esprit des ondes,
Agite le chaos des misères profondes
Qui reposent en moi,
Devant ces profondeurs, comme devant l'abîme,
Tout mon être debout et tressaille et s'abîme
Avec un saint effroi.

XIV

Baignons-nous à grands flots dans un second baptême;
A mes sens révoltés jetons un anathème,
Armons-nous du fléau:
Séparons le bon grain de la vile litière,
Et que mon cœur meurtri devienne la poussière
Qui tombe du bluteau.

XV

Mais j'ai déjà deux fois rejeté le cilice,

Mais qui peut d'un seul trait vider l'amer calice,
Dont la base est le fiel?
Dieu seul, l'Agneau de Dieu s'offrant en sacrifice;
Et moi, que suis-je, hélas! un novice, un novice
Dont l'espoir est au ciel!

XVI

Viens soutenir, ô ciel! ma vertu qui succombe,
En me montrant ici le fond noir de ma tombe,
Ce mont des Oliviers.
Arbres de l'Orient où croît le sycomore
Sous les feux du midi, me rappelant l'aurore
A travers les palmiers.

XVII

Et l'Arabe pasteur que tout joug mécontente,
Au désert, près de lui, je poserai ma tente.
Mais où va mon ardeur?
Je voudrais, ô mon Dieu! pardonne à ma folie!
En dresser jusqu'à deux, dont l'une pour Élie:
Il fut ton serviteur.

XVIII

Pour consacrer ces lieux marqués par la victoire,
Ces saints lieux éclairés des feux de notre gloire,
Près d'un vieux grenadier,
Comme un soleil tombé de ton front sur la terre,

L'intrépide hoyau de tes fils, ô mon père!
A planté le laurier.

XIX

Salut, reflet vivant d'une sainte croisade!!!
Faut-il, à ton sujet, écrire une ballade
En dépit du dédain?
Sous toi, le palefroi que la gloire surmène
Apparaît essoufflé, disparait dans la plaine,
Et reparaît soudain.

XX

Un jour, c'est le coursier d'une noble légende
Dont les flancs sont poudreux; son maître me demande;
Assis près du laurier,
Il a vidé d'un trait une coupe vermeille,
Et moi, j'ai dû ravir une grappe à la treille:
Elle est pour l'officier.

XXI

Son nom... Il est inscrit au cœur d'un de nos frères
En déchirants regrets, en poignants caractères;
C'est Désiré Martin.
Mais inscrire ce nom, tout rayonnant de gloire,
En un obscur réduit, en forme de grimoire,
C'est peu! — quand il faudrait d'Homère et de l'histoire,
Oui, l'immortel burin.

XXII

Dieu soulage le cœur et l'âme du saint frère,
Et sa main verse l'eau de l'arbre salutaire
Dont les fruits sont aux cieux,
Et dont les bras noueux, partant du Capitole,
Promènent leurs rameaux de l'un à l'autre pôle
En passant par ces lieux.

XXIII

Noble enfant des déserts, aux nombreuses racines,
Toi que l'on voit fleurir par-dessus les ruines
De l'immense univers,
Aux pieds du Tout-Puissant dépose ma prière,
Et son souffle viendra dissiper la poussière
Qui trouble mes concerts.

LE SOLITAIRE

I

Quel tableau le matin vient dérouler aux yeux!
Je suis dans la splendeur de la terre et des cieux
    Malgré ma misère profonde;
J'entends venir à moi de cet étroit désert,
J'entends venir de voix un immense concert
    Digne du plus grand roi du monde.

II

Le voile de la nuit, au front calme et décent,
Ce voile déchiré devient incandescent
    Et laisse des traits de lumière
Pénétrer à grands flots du bout du firmament
Où Dieu l'avait jeté comme un sombre ornement
    A travers ma faible paupière.

III

Ici je vois monter des hauteurs des enfers,
Pour éclairer les cieux, pour réchauffer les airs
    Et pour égayer ma chaumière,
Les longs jours de l'été, les jours courts de l'hiver,
Le soleil, ce géant surnommé Lucifer
    Par la nature tout entière.

IV

Ma tente, dont les vents ont fait leur pavillon,
Abrite, en s'écroulant, un léger papillon
    Qu'un léger soufle au ciel élève;
Voler de fleur en fleur du soir jusqu'au matin,
Du papillon léger tel n'est pas le destin,
    Mais tel en est encor le rêve.

V

Ainsi que deux jumeaux rivaux et sans pareils,
Mes yeux ont pu toucher deux globes blancs, vermeils.
Qu'un voile cachait à la terre.
C'était pendant la nuit, à mon premier réveil,
Ils brillaient comme un lis, mais un lis sans pareil,
A l'heure sombre du mystère.

VI

Pourquoi ce globe seul, moins beau que son orteil,
Ce globe incandescent, radieux, le soleil,
Vient-il éclairer ma misère?
Il faudrait mes jumeaux, si frais et si vermeils,
Il les faudrait tous deux, égaux et sans pareils,
Pour réveiller le solitaire.

VII

La tempête et l'hiver, comme deux noirs vautours,
Sur ma tête, en passant, ont obscurci mes jours;
De moi, je ne suis plus que l'ombre.
Voilà pourquoi, le soir, j'aime du firmament
M'entourer en ces lieux, comme d'un vêtement
Lorsque d'ailleurs le temps est sombre.

VIII

Par la main du destin est gravé sur mon front
L'esprit calme et léger, le cœur vaste et profond :
Écrivez ce vers sur ma tombe,
Sur laquelle posez ce noble accordéon ;
Un jour il a vibré sous les doigts d'Apollon.
En moi la nature succombe !!!...

IX

Oui, de nombreux printemps j'ai droit à la fraîcheur,
Et du fâcheux hiver m'oppresse la rigueur.
Au ciel offrons une hécatombe ;
Au pied de cet autel abattons de taureaux,
Pour le couteau sacré, d'innombrables troupeaux
Sur le coteau de Prime-Combe.

X

Mais le bœuf est sacré dans ce sacré séjour.
Que n'ai-je pour offrir, comme Horace, en ce jour,
Le front marqué d'une croix blanche,
Un jeune et tendre veau dont le corps soit vermeil !!!...
Que n'ai-je pour offrir, comme Horace, au soleil
Des vers doués d'une humeur franche !!!...

XI

Ces vers, je les dictais près d'un temple sans nom
Dont les Grecs auraient fait l'éclatant Parthénon,
Le front incliné sous la verve,
Ils ont été tracés par un léger crayon ;
Mais la vierge qui règne en ce sacré vallon,
Et qui presse un serpent sous un divin talon,
N'allez pas l'appeler Minerve.

XII

Venez, brises du ciel qui remplissez ce lieu,
Qui soufflez du levant, les emporter vers Dieu ;
En lui tout mon espoir incombe.
Près de Vic et du Fesq qu'il regarde en mourant
Venez, brises du ciel ; mais venez en courant
Vers l'ermite de Prime-Combe.

XIII

Vous passez en fuyant, brises du ciel : le soir,
Le soir, je vous le dis ; et c'est là mon espoir ;

Quand vous reviendrez sur la terre,
Vous ne trouverez plus le soldat à son rang ;
Il vous jette le cri du poëte mourant :
Malheur, malheur au solitaire !!!

LA FANFARE

A ELLE

J'étais aux chasseurs de Vincennes,
Je déployais en tirailleur,
Je fréquentais les monts, les plaines,
Les bois, les ravins, les fontaines,
Quand tu me vins parler au cœur.

Aujourd'hui, quand sur la montagne
Ton souffle pénètre en ami,
Et m'inspire, docte compagne,
Je me crois encore en campagne,
Ayant devant moi l'ennemi.

Oui, quand je sens ta douce haleine,
Ton souffle brûlant et vainqueur,
Tu commandes en souveraine :
Mon cœur s'agite sous sa chaîne,
Pour déployer en tirailleur.

Vois-tu ce corsaire qui passe
Avec une blessure au cœur ?
Un jour du nord rompant la glace,
Un jour je lui donnai la chasse :
Il n'a plus son rire moqueur.

Regarde aussi ce vieux satyre,
Il s'irrite au son d'une voix ;
Il voudrait salir une lyre,
Le coup part, il tombe, il expire,
Avant de rentrer dans le bois.

J'étais aux chasseurs de Vincennes,
Je déployais en tirailleur,
Je fréquentais les monts, les plaines,
Les bois, les ravins, les fontaines,
Quand tu me vins parler au cœur.

FRASCATI

Sur les bords de la mer du Havre, où Frascati
Signale nos vaisseaux venant de Taïti,
Où j'ai vu cet été des nymphes le modèle,
J'irai ; j'attacherai de nouveau ma nacelle.
Là, les vierges de Caux inspireront mes chants
Que l'amour attendrit, que seul il rend touchants.
Mes pieds couronneront une haute falaise.
Sur le haut d'un rocher, Dieu ! que l'on est à l'aise

Pour noter de la mer la bruyante rumeur,
Et saisir du couchant l'éclatante splendeur !
La gloire, ô Frascati ! peuple ton frais royaume,
La gloire et la beauté. C'est là qu'un roi, Jérôme,
Cet été descendit avec Drouyn de Lhuys,
Et toi, que je chanta. sous emolcme d'un lis,
Noble dame, e vois ton radieux visage
Auprès de beaux enfants jouant sur le rivage !
Aspirant le zéphyr comme nos grands vaisseaux ;
Je vois mon cygne blanc dans les profondes eaux.
Je vois ! je vois encore ! oui, je vois ma baigneuse,
Un beau rêve d'amour sous une forme heureuse !!!
Frascati !!! Frascati !!! Le premier, au printemps,
Je viendrai sur tes bords m'abriter des autans :
Mais je n'en partirai qu'aux derniers jours d'automne
Pour trouver loin de toi la houle monotone.

Le Havre, 1852.

TABLE

Pages

www.ingramcontent.com/pod-product-compliance
Ingram Content Group UK Ltd.
Pitfield, Milton Keynes, MK11 3LW, UK
UKHW020228220726
13923UKWH00002B/561